POÉSIES

DIVERSES

PAR

Pierre CHEVALLIER

SE TROUVE

A VERMENTON (YONNE), CHEZ L'AUTEUR

—

1875

POÉSIES DIVERSES.

AUXERRE. — TYPOGRAPHIE DE GUSTAVE PERRIQUET

Régamey

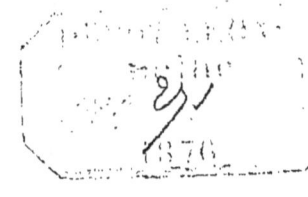

Chevallier
Fabbé. Auxerre

POÉSIES

DIVERSES

PAR

Pierre CHEVALLIER

SE TROUVE

A VERMENTON (YONNE), CHEZ L'AUTEUR

FABLES DU MÊME AUTEUR
1 vol. in-18

POÉSIES DIVERSES

ODE

SUR LA TRANSLATION DES CENDRES DE NAPOLÉON

A l'Hôtel des Invalides (1840).

Pourquoi de toutes parts ces foules onduleuses ?
Où vont-elles ? Pourquoi ces figures joyeuses,
Ces perçantes clameurs et ces pleurs à la fois ?
Dans nos temples sacrés d'où vient que l'airain sonne,
    Qu'en même temps le bronze tonne,
Que Paris retentit de ses plus grandes voix ?

Je ne me trompe pas... A sa fière assurance,
Oui, je le reconnais, oui, c'est lui qui s'avance,

Le bataillon sacré, l'effroi de nos rivaux !
Irait-il, arborant son antique bannière,

 Dans une lutte meurtrière,
A sa gloire ajouter des triomphes nouveaux ?

Que vois-je ? Un char funèbre où brille un diadème,
Quatre aigles qui jadis marquaient le rang suprême,
Une main de justice, emblème de nos lois,
Sous d'augustes lauriers de crêpe enveloppée,

 L'illustre, l'immortelle épée
Qui de l'Europe entière épouvanta les rois !

Salut, toi qui lassas si longtemps la victoire,
Qui nous rendis si grands, qui nous couvris de gloire,
Salut, Napoléon ; entends nos chants d'amour ;
Vois autour de ton char la foule qui se presse,

 Et qui, dans sa vive allégresse,
Par ses cris répétés acclame ton retour.

Quel triomphe ! Au respect que cette scène inspire,
Se mêlent les accents du plus ardent délire,
Se confondent les voix de nos plus fiers soldats.
C'est lui, disent ceux-ci, les yeux remplis de larmes,

C'est lui qui, lors de nos alarmes,
Nous faisait d'un coup-d'œil braver mille trépas.

C'est lui, répète-t-on, qui pendant nos discordes,
Tandis que d'assassins les sanguinaires hordes
Dans nos mornes cités répandaient la terreur,
Parut soudain et, tel qu'un bienfaisant génie,
    Partout rétablit l'harmonie
Et sut du terrorisme étouffer la fureur.

A sa voix, du Très-Haut les ennemis pâlirent,
De nos parvis sacrés les portes se rouvrirent,
Et bientôt poursuivis, expulsés des saints lieux,
On vit de toutes parts l'incrédule athéisme,
    Et le stupide vandalisme,
Confus, cacher leurs fronts naguère audacieux.

Nos coutumes, nos lois, inextricable ouvrage,
D'un labyrinthe offraient la véritable image :
Non moins législateur qu'intrépide guerrier,
Il sut en combiner la secrète influence,
    En fortifia la puissance,
En traçant à Thémis un mode régulier.

Honneurs te soient rendus, ô fils de la Victoire !

Assez et trop longtemps, jalouse de ta gloire,

L'hypocrite Albion a lâchement sur toi,

Malheureux prisonnier brisé par la souffrance,

    Assouvi sa froide vengeance

Et distillé le fiel de sa mauvaise foi.

Viens reposer en paix, viens, viens, la France entière,

Tes vieux soldats qui, lors de ton heure dernière,

Hélas ! n'ont pu pleurer sur ton humble tombeau,

T'appellent à grands cris au digne sanctuaire,

    Où, recouvert d'un froid suaire,

T'attend le monument d'un habile ciseau.

Vois-les, ces vieux débris, ces vieux compagnons d'armes,

Vers ton funèbre char qu'ils arrosent de larmes,

Venir de tous côtés, se hâter, accourir ;

Puis, tournant vers le ciel, séjour de l'espérance,

    Des regards de reconnaissance,

S'écrier : — Maintenant, oui, nous pouvons mourir.

Avec pompe déjà sous le vaste portique

En silence apparaît ta dépouille magique.

O ciel ! de ta valeur quel merveilleux pouvoir !
De Bayard, de Vauban, de Turenne les ombres
    Entr'ouvrant leurs demeures sombres,
Avec un saint respect se lèvent pour te voir !

Sous ce beau dôme orné des palmes de ta gloire,
Dors, illustre monarque, ô géant de l'Histoire,
Dors sous ces étendards criblés de coups de feux,
Dors, selon ton désir, sur les bords de la Seine,
    Près de la cité souveraine
Qui voit donc s'accomplir le plus cher de tes vœux.

HYMNE AU SOLEIL.

Astre majestueux, dont la vive lumière
Inonde en un instant les airs, la terre entière,
Ame de l'univers, brillant flambeau des cieux,
Quels sublimes pensers en mon cœur tu fais naître,
  Alors que je vois apparaître
Dans les plaines d'azur ton globe radieux !

O Soleil, oui c'est toi, c'est toi, lorsque le monde
Dormait enseveli dans une nuit profonde,
Qui du sombre chaos perças l'obscurité,
Et qui nous révélas, par ta magnificence,
  La mystérieuse existence
D'un pouvoir infini, d'une divinité.

Profane, qu'ai-je dit ! quel outrageant blasphème !
Quoi ! ne serais-tu pas la divinité même,
De la terre et des cieux le maître tout puissant ?
Parle.... N'est-ce pas toi qui seul soutiens, agites
    Ces innombrables satellites
Qui forment de ta cour le cortége imposant ?

N'est-ce pas toi, Soleil, qui d'un épais nuage,
Pour effrayer, punir une coupable plage,
Fais jaillir à ton gré de redoutables feux,
Et qui, lançant au loin les traits de ton tonnerre,
    Fais tressaillir, dans ta colère,
Des monts les plus altiers les sommets sourcilleux ?

Eh ! quel autre qu'un Dieu pourrait, loin dans l'espace,
Chasser d'un seul coup-d'œil l'hiver chargé de glace,
D'une douce chaleur réchaufferait les airs,
Et, pénétrant le sein de la terre engourdie,
    De nouveaux principes de vie
Remplirait constamment en tous lieux l'Univers ?

Qui pourrait, tous les ans, de sa riche parure,
De ses riants attraits embellir la nature,

Émaillerait nos prés d'aussi charmantes fleurs ?
Qui répandrait partout, par sa seule présence,
    Cette merveilleuse abondance
Qui sans cesse sourit à nos moindres labeurs ?

Si tu n'étais un Dieu, quelle main invisible
Eût pu, dis-moi, créer ta flamme inextinguible,
Océan de lumière, abîme incandescent ?
Quel être assez puissant eût tracé la limite
    De l'incommensurable orbite
Que décrit sans repos ton disque éblouissant ?

Quoi ! serais-je abusé ! non, tu n'es pas l'image
De la divinité... mais son plus bel ouvrage.
Il est de l'Univers un souverain moteur,
Un Dieu, qui combina des Mondes l'harmonie,
    Qui, par sa puissance infinie,
Te créa de ses dons l'heureux dispensateur.

Aussi de ses décrets, observateur fidèle,
Te voit-on, ô Soleil, avec le même zèle,
Sans cesse parcourir les plus lointains climats
Et de tes feux verser l'influence féconde,

Sans laquelle soudain le monde
Serait anéanti sous d'éternels frimas.

Ah ! jouis du doux fruit de ta munificence,
Dieu du jour, jouis-en, surtout lorsque s'élance
Ton char étincelant dans l'espace azuré.
Vois la nature alors joyeuse te sourire
    Et goûter le plaisir qu'inspire
Le retour attendu d'un amant adoré.

Vois des chantres ailés la troupe matinale,
Aux premières lueurs de l'aube, au teint d'opale,
Cesser, pour te revoir, son paisible sommeil,
Sautiller, voltiger de bocage en bocage,
    Et par le plus charmant ramage
Saluer à l'envi ton glorieux réveil.

Avec quelle ferveur, comme il te remercie,
Ce vieillard tout courbé, dont la trop longue vie
Pour lui depuis longtemps est un pesant fardeau !
Vois comme à ton aspect se ranime son âme
    Et comme ta divine flamme
De ses sens presque éteints ravive le flambeau.

O d'un Dieu créateur, consolant témoignage,
Astre éclatant, reçois mon plus sincère hommage,
Accepte de mon cœur ces timides accents ;
Excuse-moi d'avoir osé, sur une lyre
      Si peu digne de toi, décrire
Ce que tu m'inspiras dès mes plus jeunes ans.

Ah ! daigne m'exaucer : fais qu'à ma dernière heure,
Avant que je descende en la sombre demeure,
Tes rayons affaiblis dorent ces hauts sommets,
Et qu'alors soulevant ma débile paupière
      Je puisse encor voir ta lumière
S'éclipser et pour moi disparaître à jamais.

(Imité de l'abbé de Reyrac).

RÉPONSE A M. Y... .

Qui me reprochait d'avoir refusé son modeste déjeuner de poète
pour accepter celui d'un moderne Lucullus d'Auxerre.

O le plus cher de mes nombreux cousins,
Auriez-vous donc jugé, d'après ma mine,
Que, partisan de somptueux festins,
De Lucullus j'eusse aimé la cuisine ?
Grande serait en ce cas votre erreur.
Sachez-le bien : oui, je hais, je déteste
Ces grands banquets dont l'aspect indigeste
En moi fait naître et contrainte et froideur,
Où l'étiquette aux convives impose
Ce ton, ces airs qu'avec art on compose,

Où règne enfin, pleine de dignité,

La monotone et froide gravité.

Oh ! que j'aime bien mieux prendre place à la table

D'un ami franc, sincère, à l'humeur vive, aimable,

Chez lequel sans façon l'on est toujours reçu,

Qui sait nous plaire en tout, dont le cœur est à nu !

Là, d'un riche appareil point de vain étalage,

De laquais indiscrets point de morne entourage.

Sur un linge bien blanc le couvert apprêté,

Non par le luxe luit, mais par sa propreté.

Sans doute on n'y voit pas, avec magnificence,

De symétriques mets étaler l'abondance.

Préparés avec soin, au plus deux ou trois plats

Composent simplement son modeste repas ;

On savoure à longs traits certain vin qu'il conserve

Et que pour ses amis il a mis en réserve ;

Sans témoins l'on s'y livre, en pleine liberté,

A ces doux entretiens, fruit de l'intimité,

A cette affectueuse et franche causerie

Qu'excite par degrés l'amicale ambroisie.

C'est alors, cher cousin, que, narguant Atropos,

Ses filandières sœurs et l'infernale race,

Je trouve qu'il est doux, à l'exemple d'Horace (*),
De délirer parfois dans de joyeux propos.

(*) *Dulce est desipere in loco.* Liv. 4, Ode XI, *Ad Virgilium.*

A L'EMPEREUR NAPOLÉON III.

—

ODE A L'OCCASION DE L'ACTE DU 2 DÉCEMBRE 1851.

Frégate démâtée, aux coups de la tourmente
Ne pouvant opposer qu'une proue impuissante,
La France allait céder à d'aveugles fureurs ;
Contre elle conspiraient des hordes effrénées,
Qui, de QUATRE-VINGT-TREIZE évoquant les journées,
　　En préconisaient les horreurs.

En vain elle cherchait à rompre les entraves
Qui tenaient et son bras et sa raison esclaves
Sous d'éhontés rhéteurs, sous de vils charlatans ;
Étreinte dans l'étau d'une loi satanique,

Elle exhalait déjà le soupir asthénique,
    Le râle des agonisants.

Son Chef, sans cesse en butte aux plus basses intrigues,
De tous côtés voyait de menaçantes ligues
Se recruter, lever leurs rouges étendards.
Souriant de plaisir à la démagogie ;
Le front ceint de serpents, la hideuse anarchie
    Aiguisait déjà ses poignards.

Que faire ? Devait-il, pilote sans courage,
Quitter le gouvernail au moment de l'orage,
Voir le vaisseau sombrer dans l'abîme des flots ?
Lui, qui se dévouait au salut de la France,
Muet, les bras croisés, devait-il sans défense
    L'abandonner à ses bourreaux ?

Non, non, celui qui sent s'agiter dans son âme
Du grand Napoléon le sang, l'ardente flamme,
Ne pouvait renier sa sainte mission.
Il devait arrêter le torrent à sa source,
Abattre d'un seul coup, dans sa sanglante course,
    L'hydre de l'insurrection.

Il commande... Sa voix, au loin retentissante,
Dominant en tous lieux l'anarchique tourmente,
S'en va de toutes parts porter sa volonté.
A ses puissants accents les factions pâlissent,
L'espérance renaît, les lois se raffermissent,
    Le méchant tremble épouvanté.

La perfide Albion de l'île meurtrière
Se souvient qu'elle fût l'inhumaine geolière,
Et du glaive vengeur craint l'éclatant affront.
Indignes ennemis, dissipez vos alarmes :
Pour punir les félons la France n'a pour armes
    Que le mépris le plus profond.

Du martyr immortel qui fut votre victime
Le digne descendant, notre Chef magnanime
Ne garde point au cœur de haineux souvenirs.
Accomplir, terminer ce que pour notre gloire
A médité, voulu le géant de l'histoire,
    Sont ses rêves, ses seuls désirs.

Nuit et jour à la tâche, ainsi qu'un mercenaire,
Il détruit l'édifice assis sur le cratère

Du volcan qui sous nous s'agitait en grondant.
Il veut le rebâtir sur des bases solides,
Étouffer à jamais des luttes fratricides
    Le monstre encore tout sanglant.

Il veut la liberté sagement circonscrite,
Mais non cette licence aveugle, sans limite,
Qui faillit nous jeter dans un abîme affreux.
Un vigilant pasteur, d'un nombreux troupeau maître,
Laisse-t-il ses brebis errer, librement paître,
    Follement bondir en tous lieux ?

Il veut surtout la paix, cette féconde source
Qui, coulant à pleins bords, épanche dans sa course
Ses bienfaisantes eaux, ses fertiles limons ;
Mais il veut qu'elle honore, il veut que glorieuse
La France puisse enfin relever radieuse
    La tête sur les nations.

Seconde ses efforts, divine Providence,
Toi que l'on vit sans cesse accorder à la France
Le secourable appui de ton bras protecteur,

Ne l'abandonne pas ; pour toujours de nos têtes
Détourne le fléau des civiles tempêtes,
    Fais-nous jouir du vrai bonheur.

                      (Février 1852).

BOUTADE.

Ah ! que j'aime un enfant dont l'âge
Compte à peine quatre printemps !
Tout plaît en lui : son babillage
Et ses naïfs raisonnements.
Ignorant le mensonge, il croit qu'on ne peut dire
Ce qui n'est pas la vérité.
Il parle à cœur ouvert, sa figure respire
La candeur, la sincérité.
Au seul nom de Croquemitaine
Il tremble, croyant voir un monstre furieux
Avaler, sans reprendre haleine,
A son dîner vingt petits paresseux.
Pourquoi ces germes de droiture,
De franchise, de loyauté,
Que fait naître en nous la nature,
Font-ils si vite place à la duplicité ?

ODE SUR LA VIE.

Quand, enfant, je sentis se dégager les langes
Qui de leurs plis couvraient ma naissante raison,
Je fis tout bas à Dieu d'extatiques louanges,
 A l'aspect du vaste horizon.
Je me dis : ces vallons, ces plaines, ces montagnes,
  Ce brillant soleil, ces campagnes,
  Ce ciel, tout fut créé pour nous ;
Je crus voir à.mes yeux sourire l'espérance,
Et pour moi voir au loin d'une heureuse existence
  Poindre l'avenir le plus doux.

Tel sorti de son nid l'oiseau dans le bocage
De rameaux en rameaux voltige tout joyeux,

Gazouille, et, s'élevant au-dessus du feuillage,
    Admire et la terre et les cieux.
S'enhardissant, il va du bosquet dans la plaine,
    Becqueter la nouvelle graine
    Et boire au limpide ruisseau.
Tout est pour lui plaisir, tout le charme et l'enchante ;
Plus tard, épris d'amour, à sa femelle il chante
    De doux airs que redit l'écho.

Mais, hélas, son bonheur est de courte durée !
Bientôt le tiercelet, le faucon, le beffroi
Et l'avide épervier viennent dans la contrée
    De tous côtés jeter l'effroi.
Dès ce moment en proie aux frayeurs délirantes,
    Il croit, dans ses peurs incessantes,
    Les voir rôder aux alentours.
Il n'ose presque plus sortir de sa retraite.
L'inoffensif oiseau qui passe sur sa tête
    Lui semble en vouloir à ses jours.

Puis, vient l'hiver suivi de son triste cortége,
Qui, parcourant les monts et la plaine à grands pas,

2

Couvre partout le sol d'un froid tapis de neige
    Et les forêts d'âpres frimas.
Adieu pour lui des champs la facile pâture
      Et des ruisseaux l'eau vive et pure
      Et le bosquet hospitalier.
Transi de froid, mourant de faim et de misère,
Ne volant qu'avec peine, il périt sous la serre
      De l'impitoyable épervier.

Pauvres petits oiseaux, de même que vous autres,
Nous avons nos soucis, nos peines, nos tourments.
Nos plaisirs, nos amours, de même que les vôtres,
      Ne durent que quelques instants.
Comme vous nous traînons une pénible vie,
      En butte aux fureurs de l'envie,
      Victimes de durs oppresseurs,
Et si nous parvenons à la froide vieillesse,
Nous voyons bien souvent une affreuse détresse
      Terminer aussi nos malheurs.

Et c'est pour un tel but que le souverain Maître
Nous fait naître ici-bas sous ce bleu firmament?
Qu'il nous fait en ce monde un instant apparaître

Pour nous plonger dans le néant ?

Non, non, je ne puis croire aux discours du sceptique.

A travers l'éther fatidique

J'aperçois la Divinité.

Plus j'admire du ciel les beautés, plus je doute

Que la mort soit la fin, le terme de la route

De la fragile humanité.

HYMNE A LA PAIX

A l'occasion de l'Exposition universelle.

Partout on t'adore, on t'acclame,
Fille du ciel, ô douce paix ;
Chaque peuple à grands cris réclame
Tes inappréciables bienfaits.
Nous t'implorons, auguste reine,
Sur nous viens régner désormais,
Viens, viens régner en souveraine,
Exauce nos ardents souhaits.

Fais qu'à ta puissance suprême
L'univers entier soit soumis.

Résous, de nos jours, le problème
De voir tous les peuples amis.
Arrière l'homicide guerre
Et ses fusils et ses canons !
Disparaissez de notre sphère,
De la discorde affreux brandons.

Sans toi, par de sombres nuages,
Le ciel nous paraît obscurci ;
Nous rêvons batailles, carnages ;
Tout est pour nous crainte, souci.
Mais avec toi, l'air qu'on respire
Se dégage plus librement,
Plus doux est le vent qui soupire,
Plus azuré le firmament.

Sous ton règne on voit les campagnes
D'épis dorés se revêtir,
Sur les plus stériles montagnes
Des lignes de pampre verdir.
Viens parmi nous : nos jeunes filles,
Ne craignant plus pour leurs amants

L'impôt du sang sur les familles,
T'adresseront leurs plus doux chants.

Déjà, sous ta puissante égide,
S'allume le flambeau des arts ;
Sa lumière, infaillible guide,
A Paris, brille au Champ-de-Mars.
Ce fanal, où le gaz abonde,
Va se diviser en rayons
Qui bientôt, parcourant le monde,
Se transmettront aux nations.

A vous, souverains de la terre,
D'exécuter ce grand projet ;
Notre Chef vous offre d'en faire
D'un congrès le digne sujet.
O toi, digne Providence,
Pour former ce pacte entre tous,
Daigne accorder ton assistance,
Nous t'en supplions à genoux.

SOUVENIRS D'UN BAL MASQUÉ.

A Madame A...

Que j'aime à remonter au temps de ma jeunesse !
Son joyeux souvenir dissipe ma tristesse
Et parfois me fait croire être à mes plus beaux jours.
Comme un soleil de mai sur une froide terre,
Il répand dans mon cœur un baume salutaire,
  Surtout lorsqu'il parle d'amours.

Il me semble encor voir ce masque sous la mise
Et les cheveux poudrés d'une vieille marquise
De l'ancien régime, ayant mouches, carmin,
Figurer près de moi, dans le même quadrille,
Au bal d'un mardi-gras et dessous sa mantille
  Doucement me presser la main.

A ce signal d'amour une subtile flamme
Parcourut tout mon corps, s'empara de mon àme,
Subitement porta le trouble en tous mes sens.
J'étais à l'àge heureux où vite l'on soupire,
Où l'on ne voudrait pas donner pour un empire
  Celle que l'on aime à vingt ans.

L'orchestre, en ce moment, suspendit sa musique,
Je courus à mon masque et lui fis la supplique
De m'accorder l'honneur de danser avec lui.
Quel désappointement ! Ma vieille douairière,
Malgré tous mes efforts, rejeta ma prière
  Et refusa de me dire oui.

Je voulus néanmoins chercher à la connaître,
Mais je la vis alors bien vite disparaître
Et dans le vestiaire entrer furtivement.
Je me mis à l'écart, surveillai sa sortie.
Hélas, ce fut en vain ! La foule travestie
  Me dérouta complétement.

Tout contrit, tout confus, ne sachant plus que faire,
J'allais et je venais afin de me distraire

Et me faire oublier ma folle passion.

Ce serrement de main est-il bien, me disais-je,

Une preuve d'amour, ou n'est-ce pas, pensai-je,

    Une mystification ?

Apercevoir de loin d'un vif bonheur l'image

Et la voir s'éclipser comme un léger nuage,

Font naître un bien amer, un bien cruel dépit.

Ne pouvant plus longtemps supporter ma torture,

Et de ce maudit bal l'outrageante aventure,

    Je le quittai tout interdit.

Votre fenêtre alors de la mienne voisine,

Se trouvant vis-à-vis permettait, Albertine,

De nous voir, nous parler presque journellement.

Je n'avais pas encor, pour prix de ma tendresse,

Reçu de votre cœur l'aveu qu'une maîtresse

    Laisse entrevoir à son amant.

Voulant le lendemain de ma triste aventure

Vous tenir comme avant quelques galants propos,

Je vous vis tout-à-coup froncer votre figure,

Tout bas entre vos dents murmurer quelques mots,

Et pour mieux enfoncer le trait dans la blessure,
        Sans regarder tourner le dos.

Depuis ce jour, sans cesse en proie à la pensée
Que je ne pouvais plus prétendre à votre cœur,
Je me tenais un soir, accablé de douleur,
Assis à ma fenêtre et la tête baissée :
Une main entr'ouvrit dans un coin seulement
        Le rideau de votre croisée.

C'était vous : de vos yeux suivant le mouvement,
Je vous vis, ô bonheur ! soulever la paupière ;
Un de vos doux regards, comme un trait de lumière,
S'en vint tomber sur moi ; de plus, au même instant
Sur vos lèvres de rose un tout petit sourire
        Mit fin à mon cruel martyre.

Ah ! qu'il m'est cher ce jour où, cédant à mes feux,
Tu me fis les plus doux, les plus tendres aveux !
Tu m'appris que de moi depuis longtemps éprise,
Tu n'avais pas voulu m'abandonner ton cœur,
Sans avoir, sous l'habit de la vieille marquise,
        Contenté ta jalouse humeur.

— A ce maudit penchant n'ayant pu me soustraire,
Je trompai, me dis-tu, ma confiante mère,
Me rendis à ton bal pour te mieux surveiller,
Et quand j'eus reconnu qu'une invisible dame
Si vite t'inspirait une amoureuse flamme,
    Je fis serment de t'oublier.

Vaine précaution ! Téméraire promesse !
La nuit comme le jour ton image sans cesse
Me suivait, à mes yeux s'offrait à tout moment,
Et bientôt, se moquant de ma feinte colère,
Avec un ris malin, sur son aile légère,
    L'amour emporta mon serment.

— Tel le trait qu'un graveur sur le bronze burine,
Le jour de tes aveux est, ma belle Albertine,
Resté profondément incrusté dans mon cœur,
Jour mille fois heureux où tes lèvres brûlantes
Sur les miennes laissant leurs empreintes ardentes
    Me transportèrent de bonheur.

. . . .

Déjà bien loin de nous ils ont fui, chère amie,
Ces fortunés instants, ces songes de la vie,
Ces temps où s'écoulaient nos secrètes amours !
Puissent leurs souvenirs égayer nos pensées,
Parfois nous rappeler nos voluptés passées,
    Sourire encore à nos vieux jours !

                     (1828).

MÉDITATION RELIGIEUSE.

O Toi qui régis tout par ta seule puissance,
Etonnant créateur de la terre et des cieux,
Toi que, sous tant de noms, on adore, on encense,
    On aime, on vénère en tous lieux,
Dois-tu vraiment punir des peines infernales
    Ceux qui, dans les obscurs dédales
    De tes mille religions,
N'auront pas su choisir le véritable temple
Où tu veux qu'ici-bas tout mortel te contemple
    Et qu'à genoux nous t'adorions?

S'il doit en être ainsi, grand Dieu, que faut-il faire
Pour chasser de mon cœur le doute où tu me vois?

Je le demande à ceux dont le saint ministère

　　Est de nous expliquer tes lois.

Celui-ci me répond : — L'astre qui nous éclaire,

　　Qui dans sa course régulière

　　Vient tous les jours nous réjouir,

Qui jaunit nos moissons, donne la vie au monde

Et répand les bienfaits de sa chaleur féconde,

　　Est le Dieu que l'on doit servir.

Le prêtre égyptien, qui pour divin symbole

Eut autrefois un bœuf, me dit que Mahomet

Est depuis devenu de son vrai Dieu l'idole

　　Et qu'à lui seul il se soumet.

　　— C'est Allah, prétend-il, qui là-haut récompense

　　Du vrai fidèle la croyance,

　　Qui confond, punit le pervers ;

Lui seul a le pouvoir qu'aucun autre n'égale,

Il tient entre ses mains la balance fatale,

　　C'est le maître de l'univers.

Au culte de Brama cet autre nous convie,

En son nom nous promet, nous dit qu'à peine morts

Son maître nous fera revenir à la vie

Sous la forme d'un autre corps.

Sur tes nombreux autels, grand Dieu, que sont étranges
Les hommages et les louanges
Que l'on te fait journellement !
Ici, d'un doux encens, l'on t'offre les prémices,
Et là, sur d'autres bords, les hideux sacrifices
D'un sang humain, pur, innocent.

Je sonde vainement les diverses doctrines
Des zélés fondateurs de tes religions ;
Vainement j'interroge et prêtres et bramines
Des plus lointaines régions ;
Je ne trouve partout, dans ces mille mondes,
Qu'erreurs, obscurités profondes,
Et ne suis pas plus éclairé.
Ah ! que ne puis-je ouvrir les yeux à la lumière
Et reconnaître enfin quel est sur cette terre
Le dieu qui doit être adoré !

Mais qu'entends-je ? Une voix discrète, pénétrante,
Me dit que le vrai temple où l'on doit te prier
Est celui dont l'éclat, la voute étincelante
Ne cessent jamais de briller,

Temple majestueux, auguste basilique

     Qui n'a ni pilier, ni portique,

     Où je veux, mon Dieu, chaque soir,

De tes mille rubis admirant la lumière,

T'adresser à genoux ma fervente prière

     Et mettre en Toi tout mon espoir.

Cette secrète voix, à laquelle je prête

Une oreille attentive, est désormais pour moi

L'ange révélateur, le divin interprète,

     L'unique guide de ma foi.

Je l'entends qui déjà dissipe en moi tout doute

     Et qui me désigne la route

     De la plus pure piété,

Piété qui n'admet nul sanglant sacrifice,

Qui n'impose aux croyants ni verges, ni cilice,

     Mais l'honneur, mais la probité.

Ah ! puisse cette voix ne pas m'être fatale

Et dans un faux chemin ne point me diriger !

Puisse-t-elle ne point de la peine infernale

     Attirer sur moi le danger !

Que si, pour nous juger, tu viens, être suprême,

Avec ton brillant diadème,

Sur un nuage éblouissant,

Me demander pourquoi je n'ai pas dans ton temple

De tes prêtres suivi le salutaire exemple,

Je te répondrai franchement :

— N'ayant pas su comment t'adresser ma prière

Et te faire agréer l'offrande de mon cœur,

Vainement je voulus découvrir la bannière

De ton préféré zélateur.

Je crus alors devoir t'offrir le témoignage

De mon reconnaissant hommage

En levant mes regards vers toi ;

Si je n'ai pas suivi ta divine ordonnance

J'ai, tu n'en doutes pas, péché par ignorance,

Dieu tout puissant, pardonne moi.

SONNET

A mon petit ami Roger Jullien.

SOUVENIRS DE MA GRAND'MÈRE.

Ah ! que ton souvenir m'est doux, chère grand'mère,
Souvent il me reporte à l'âge de dix ans.
Je crois alors te voir, dans ta vieille bergère
M'enseigner des vertus les premiers éléments.

« Mon fils, me disais-tu, surtout aime, vénère
« Les auteurs de tes jours. Bénis sont les enfants
« Qui conservent pour eux une amitié sincère,
« Qui sont remplis d'égards, de soins reconnaissants.

« Sois charitable, humain, loyal, modeste, honnête,

« Au mensonge jamais, non jamais ne te prête :

« Il engendre le vice, empoisonne le cœur.

« Fuis les mauvaises gens ; sers ton Dieu, ta patrie ;

« A la chose publique utilise ta vie ;

« En un mot que toujours ton guide soit L'HONNEUR.

Collége d'Auxerre, 1er janvier 1812.

CHÈRE MÈRE,

Lorsque recommençait l'année
On vit autrefois les Romains,
Pour se la rendre fortunée,
S'entre-donner bonbons, oranges et raisins.
Ces dons, ces diverses étrennes
Etaient pour eux, dit-on, les pronostics certains
D'un avenir exempt de peines.
Comme je suis un peu du pays des Latins
Je voudrais bien pouvoir en suivre aussi l'usage.
Hélas ! vouloir n'est pas pouvoir !

Je ne possède au monde et n'ai pour tout avoir
Qu'un cœur qui vous chérit; acceptez-en le gage.
    Mais vous, qui n'avez qu'à vouloir,
Pour pouvoir des Romains user du doux présage,
    Veuillez, bonne et chère maman,
Par leur moyen me rendre heureux le nouvel an.

AUX PEUPLES D'ALLEMAGNE.

LA REVANCHE.

Bellum est crimen.

Rome, de ton César vante moins la mémoire,
France, ne parle plus de ton Napoléon ;
D'Alexandre-le-Grand, ô muse de l'histoire,
 Cesse de nous citer le nom.
Comparés à l'illustre, au vaillant roi Guillaume,
 Qui sut adjoindre à son royaume
 Tant de pays par lui conquis,
Ces guerriers, qui jadis eurent quelque importance,
Dont on prôna par trop l'éphémère puissance,
 Auprès de lui sont des CONSCRITS.

Il est vrai que toujours ils assistaient eux-mêmes
Dans l'affreuse mêlée aux plus sanglants combats ;
Que le glaive à la main, dans les dangers extrêmes,

Ils marchaient avec leurs soldats ;

Que sur le champ d'honneur quand parfois leur armée

Etait sur un point comprimée,

A l'instant même ils accouraient,

Et savaient, par l'effet de leur seule présence,

Dissiper la frayeur, ranimer la vaillance

Des légions qui faiblissaient.

Guillaume n'admet point cette vieille tactique ;

Lorsqu'au jour de bataille il voit un beau palais,

Il y fixe aussitôt son quartier stratégique

Surtout s'il est loin des boulets.

C'est de là qu'inspiré par ses dignes ministres

Il dicte ses ordres sinistres

Qui sont de tous côtés transmis,

Prescrivant, avant tout, de ne pas faire battre

Ses dociles guerriers, s'ils ne sont au moins quatre

Contre un des soldats ennemis.

C'est là, pendant l'hiver, tandis que ses cohortes

Cheminent dans la neige, ou dorment en plein champ,

Que ce héros, pour qui sa garde veille aux portes,

En face attaque vaillamment
Et le faisan doré que la truffe accompagne
    Et le plus fort vin de champagne
    Qu'il fait réquisitionner ;
Puis déployant alors son plan géographique,
A l'infernal Bismarck, au vieux Moltke il indique
    Les villes qu'il faut rançonner.

« Dissimulons, dit-il, en toute circonstance,
« Sous un voile imposteur tous nos moindres desseins ;
« Tâchons d'avoir pour nous du bon droit l'apparence
    « Tout en insultant nos voisins.
« Afin de motiver d'un pays la conquête,
    « Trouvons d'abord dans notre tête
    « Une querelle d'Allemand,
« Et si, chez l'ennemi monte au nez la moutarde,
« Accourons à la hâte, avant qu'il soit en garde,
    « Tombons sur lui subitement.

« Rejetons loin de nous ces sots pactes de guerre
« Amollissant le cœur par trop d'humanité.
« Pour triompher il faut faire usage, au contraire,

« De la plus dure cruauté ;

« Sans cesse recourir aux ruses infernales ;

   « Des lois internationales

   « Enfreindre les conditions ;

« Au mépris des traités faits avec les puissances,

« Transporter au besoin dans nos chars d'ambulances

   « Boulets, poudre et munitions.

« Usons, usons, pour mieux obtenir la victoire

« Des moyens plus ou moins condamnés par l'honneur.

« L'on est toujours comblé de dignité, de gloire,

   « Dès le moment qu'on est vainqueur.

« JE VEUX, par mes exploits, grâce à Dieu, je l'espère,

   « Assujétir l'Europe entière,

   « Seul avoir l'empire des mers ;

« JE VEUX que Berlin soit, que bientôt il devienne

« Des peuples asservis la cité souveraine,

   « Qu'il commande à tout l'univers. »

JE VEUX... dis-tu, tyran, mais vois donc la lumière,

Qu'en éclatants rayons répand la liberté,

Pénétrer chez ton peuple, en vaillante guerrière

Y tuer la servilité.

En vain tu chercheras à river les entraves,

    Les fers de tes sujets esclaves,

    Tes efforts seront impuissants.

Fatigués de ton joug, dans un moment suprême,

Ils briseront un jour ton nouveau diadème,

    Jetteront ses débris aux vents.

Alors nous leur dirons : « Entre nous plus de haines,

« Plus de dissensions, de guerre désormais.

« Frères, vous avez su rompre de lourdes chaînes,

    « Sachez maintenant vivre en paix ;

« Que désormais un chef intelligent et sage,

    « Elu par le public suffrage,

    « Guide les peuples allemands,

« Fasse fleurir les arts, l'agricole industrie

« Et que chaque État n'ait, pour toute artillerie,

    « Que d'aratoires instruments.

« Vous n'aurez plus alors, habitants des campagnes,

« Artistes, ouvriers, commerçants, laboureurs,

« A quitter vos foyers, vos enfants, vos compagnes,

« Et vos inachevés labeurs,

« Pour aller affronter sur les champs de bataille

« Et les boulets et la mitraille

« De mille meurtriers engins,

« A laisser après vous, de douleur accablés

« Vos familles en deuil, des veuves désolées

« Et d'infortunés orphelins. »

Nous pourrons, délivrés du fléau de la guerre,

De ses pesants impôts dégrévant nos budgets,

Aider ceux que le sort, souvent bien arbitraire

Prive de ses moindres bienfaits ;

Nous pourrons procurer au plus humble village

L'inappréciable avantage

D'une solide instruction,

Répandre dans les cœurs, dès la plus tendre enfance,

Les germes des vertus et la pure semence

D'une douce religion.

Jouir des libertés sagement circonscrites,

Vous voir ne plus prétendre à nos bien chers pays,

Du plus infime Etat respecter les limites,

Vivre en bons voisins, en amis,
Voir établir partout le vote populaire,
   Solide appui, pierre angulaire
   De tout libre gouvernement;
Voir, en un mot, chez vous surgir la République,
Voilà quels sont nos vœux et la revanche unique
   Que nous désirons ardemment.

VINDICATIO AD POPULUM ALLEMANIÆ.

Bellum est crimen.

Desine Cæsareas posthàc extollere laudes,
Roma, et vos Galli, de Napoleone tacete ;
Nomen Alexandri, Clio, non carmine jacta.
Hi bellatores quos fama erexit ad astra,
Æquati magno et forti cum rege Borusso,
Qui scivit tot regna suo subjungere regno,
Sunt vix tirones ignari Martis in arte.
Verum est cum illorum pugnabunt agmina, primi
Semper erant, et si numerosus forsitàn hostis
Pulsabat turmam, rarà virtute novabant
Imbelles animos et mox Victoria grata

Fortibus arridens, palmis cingebat ovantes.

Sceptra tenens Guillaumus sub ditione borussa

Respuit antiquum hunc morem, sed prælii ab ortu,

Confugit in curru nitidam festinus ad ædem,

Si tamen è globulis belli longè illa remota est.

Illinc, impulsus cauto et vehemente ministro,

Imperat, et subitò volitant mandata per auras

Quæ prohibent expressim unquàm committere pugnam

Si turbæ non excedunt numero quater hostem.

Illic, dùm gelidos campos, valles que nivosas

Bellantes concurrunt ferro, interritus heros

Excubiis fidis commissâ Guillaumus in aulâ

Dilaniat cultro percoctam Phasidis alem

Et simul absorbet campanum in pectore vinum,

Dein, Baccho stimulante, seni Moltho indicat urbes

Bismarcko, prædore infernali exspoliandas.

« Omnibus in rebus cautâ, inquit, agamus in umbrâ

« Dummodò pro nobis simulacrum appareat æqui.

« Ad submittendum vicinum maximè oportet

« Germani in nostro cerebro reperire querelam ;

« In laqueum si decidit, tunc illicò in illum

« Irruere atque trucidare inclementer inermem.

« Sulta repulsemus perlongè hæc fœdera belli

« Quæ sæpè enervant etiam fortissima corda.

« Convenit ad vincendum humanos pellere sensus,

« Callididate vafrâ et versutis fraudibus uti,

« Confectas inter gentes perfringere leges,

« In medicis etiam plaustris vectare volantes

« Bellonæ glandes, gladios et pulverem et arma.

« Fraudibus utamur sæpè et quidem honore repulsis ;

« Victores quicumque dolo, virtute ve semper

« Non minus impetrant insignia præmia palmæ ;

« Succurente Deo, id spero, volo vincere terram,

« Me maris imperio germano adjungere sceptrum,

« Subjectas que, orbis dominum, regnare per urbes.»

Tu dicis : Volo. Nonne vides, insane tyranne,

Jàm libertatem populorum agitare catenas,

Servitiique tuas gentes jàm rumpere vincla ?

Tentabis frustrà insidiis frenare borussos,

Unâ voce rebellabunt, ardente furore

Compulsi, sceptrum per vim à te obtentum hodiè, cras

Effringent et jactabunt fragmenta per auras.

Tunc dicemus eis : « Inter nos nulla simultas,

« Nullum odium ; procul à nobis certamina belli ;

« Servitii, fratres, scivistis frangere nodos,

« Nunc scitote in pace serenam ducere vitam.

« Euge ! Agite ut sapiens vir totâ gente vocatus

« Vos prudenti animo et magnâ anxietate gubernet,

« Extendat puros mores et protegat artes,

« Culturam agrorum et faciat convertere belli

« Lætiferum ferrum in ferrum mordacis aratri. »

Dicemus : « Vos qui studio aspiratis ad artes,

« Vos qui, indeffessi, duro ferro arva movetis,

« Fortunamque laborando qui attingere vultis,

« Non eritis, rigido imperio sicut antè coacti

« Linquere progeniem, uxores, cœptosque labores

« In pugnas ad eundum mille audere pericla,

« Morte que vestrâ orbare omni solamine natos

« Et viduas in crudeli mœrore jacentes. »

Tunc facilis nobis erit atro marte solutis

Ponderibusque suis, infaustis tendere dextram,

Infimos pagos doctis donare magistris,

Virtutumque in corda tenella aspergere semen.

Prudenter concessâ libertate potiri,

Non unquam minimi regni perfringere metas,

Vos non in luctâ, propriâ sed sponte videre

Dilectas nobis avulsas reddere terras,

Esse bonos vicinos, semper vivere amicos,

Donare, ut nos, jus suffragia in omne ferendi,

Prosperitatum fons, fulcrum, inconcussa columna,

Denique nos spectare bonam rempublicam apud vos,

Sunt spes quæ pro irâ in nostris pectoribus ardent.

———

AVANTAGES DE L'INSTRUCTION.

Le malheureux à qui les pauvres père et mère
N'ont pu faire donner la moindre instruction,
Pas même apprendre à lire, en nul point ne diffère
De l'ignare animal gratifié du don,
Comme le roi Midas, de deux longues oreilles.
Il a semblable sort, jouissances pareilles.
Dormir, boire et manger, manger, boire et dormir,
Sont ses plus doux moments, son unique plaisir.
Cette voûte des cieux que l'homme instruit admire,
Qui lui fait reconnaître un maître tout puissant
A cet être ignorant ne suggère et n'inspire
De l'incrédulité que le froid sentiment.

L'imagination, dans son cours arrêtée,

Chez ce pauvre d'esprit reste inerte, avortée.

Son savoir se réduit à l'instinct naturel

Qu'à tout être vivant accorde l'Eternel.

Pour lui tout est obscur ; la vie est un voyage

Exécuté la nuit sur une belle plage,

Dans de riants climats, dans des lieux enchantés,

Mais... il n'en peut dans l'ombre entrevoir les beautés.

Heureux, heureux celui qui, dès sa tendre enfance,

Par des leçons a pu de son intelligence

Voir se développer, s'étendre l'horizon,

Un tout autre avenir lui sourit ; sa raison

Le guide à chaque pas ; sans intermédiaires

Il est le directeur de ses propres affaires.

Les sciences, les arts sont pour lui pleins d'attraits ;

Il sait mettre à profit leurs utiles progrès ;

Il sait faire un bon choix d'écrits philosophiques,

D'intéressants romans, d'ouvrages historiques,

Et si pendant l'hiver, le soir parfois l'ennui

Au coin de son foyer vient s'asseoir près de lui,

La lecture d'un gai, d'un agréable livre

De ce froid visiteur bien vite le délivre.

O vous à qui je dois de mon instruction
L'ineffable présent, ô mère bien chérie,
Oui, cent fois, mille fois, je vous en remercie,
Vous avez centuplé par ce précieux don
La somme des plaisirs, des charmes de ma vie.

L'ANE, LE SINGE ET LE BOEUF.

Commensal d'un château, turbulent, insoumis,
Un singe se plaisait à faire la grimace,
    A gambader sur la terrasse
Qui dominait au loin le marché du pays
    Où, non moins qu'une fourmilière,
Affluaient, s'agitaient, se croisaient en tous sens
Nombre de maquignons, d'acheteurs, de marchands.
Un certain jour de foire il vit une fermière
Tout près de la terrasse arrêter son baudet
Qui portait sur son dos beurre, œufs, fromage et lait,
Et par dessus cela des paniers de volailles.

Mon singe, avisant l'âne, en ces mots lui parla :

« Pour oser te charger ainsi que te voilà,

« Il faut que tes patrons soient d'affreuses canailles,

 « Et toi, mon cher, pour le souffrir,

 « Il faut que tu sois bien godiche

« Ou qu'il t'importe peu que de toi l'on se fiche.

« Si j'étais à ta place et, comme toi, martyr,

« Ah ! certe on me verrait tout autrement agir.

« Me roulant sur le sol je ferais des ruades,

 « Puis tant de sauts, tant de gambades,

« Que je serais bientôt libre, débarrassé

« De tout ce qu'on m'aurait sur le dos entassé.

« Que ne fais-tu de même? » *A l'époque où nous sommes*

Il est certains baudets, et *même certains hommes*

Qui suivent les conseils de singes malfaisants,

 De ces orateurs en pleins vents.

Mon âne était du nombre : il se met donc à braire

 En signe d'approbation

Et déjà s'apprêtait à se coucher par terre,

Lorsque un bœuf, qui venait d'entendre l'histrion,

Lui dit : « Ami, veux-tu continuer de vivre

« Heureux chez ton patron ? Garde-toi bien de suivre

« Le conseil de ce polisson.

« Souviens-toi qu'ici-bas chacun doit être utile,

« Concourir au bonheur de la société,

« A faire son devoir toujours être docile

« Et qu'un guide doit être écouté, respecté ;

« Que, nous bœufs, nous devons tous labourer la terre

    « Pour vivre de ses bons produits,

« Que, vous ânes, devez, conduits par la fermière,

 « Transporter au marché légumes, œufs et fruits,

« Afin d'être en échange et logés et nourris. »

    Voyant l'âne rester en place,

    Pas plus qu'un terme ne bougeant,

Le singe, furieux, leur fit en s'éloignant

La nique en même temps qu'une horrible grimace.

SONNET A PÉTRARQUE

**A l'occasion de la célébration de son cinquième centenaire
à la Fontaine de Vaucluse, le 18 juillet 1874.**

Par un simple sonnet comment, divin poète,

En ce jour solennel être ici l'interprète

De ton vaste génie, et pouvoir dignement

Peindre en quatorze vers ton sublime talent !

Humble rimeur je n'ai qu'une agreste musette

Et je ne puis t'offrir que ce timide chant.

J'aimerais, si j'avais le pindarique accent,

A faire retentir l'héroïque trompette.

De Calliope alors invoquant le secours,

Je pourrais célébrer dans un ardent délire

Ta glorieuse vie et tes chastes amours.

Point ne veux sur ce ton monter ma faible lyre,

Chercher à contrefaire un style à grand effet :

Je craindrais d'imiter de JEAN le sot baudet (*).

(*) L'Ane et le petit Chien.

Traduction du 251° sonnet de Pétrarque intitulé LE PIÈGE, adressée
au concours ouvert à Vaucluse, le 18 juillet 1874.

LE PIÈGE.

L'amour avait sous l'arbre à Vénus consacré,
Qu'ardemment je chéris, quoiqu'il me soit nuisible,
Tendu son grand filet, par un rameau doré
Dissimulé si bien qu'il était invisible.

Il avait répandu dans l'espace éthéré,
Comme appât, un parfum d'un effet indicible ;
Une charmante voix accroissait à son gré
Mon espoir ou rendait mon tourment plus sensible.

Tout près brillait un astre, étincelant flambeau
Eclipsant le soleil ; plus blanche que la neige
    Une main tenait le cordeau.

Ce fut par ces moyens, par ce subtil manège
Qu'on me vit sans défense, en ce magique lieu,
    Tomber dans les lacs de ce Dieu.

LE SONNET ET LA FABLE.

« Ma pauvre sœur, disait le sonnet à la fable,

« Nos beaux temps sont passés, ces délicieux jours

« Où nous charmions tous deux, ô bonheur ineffable !

« Les gens de goût, d'esprit des cités et des cours.

« Le moderne roman, cette œuvre détestable

« Nous a, je le crains bien, éclipsés pour toujours.

« On n'entend presque plus chanter nos troubadours ;

« L'humiliant dédain de son poids les accable. »

La Fable répondit : « Les oiseaux nageront,

« Les habitants des eaux dans les airs voleront,

« On verra remonter à sa source la Seine,

« Digne fils d'Apollon, avant qu'un romancier

« Puisse, par ses écrits, jamais faire oublier

« Tes vers harmonieux et mon cher LAFONTAINE. »

SONNET A Mme MARTHE J..

Boileau, dans son art poétique,
A prétendu qu'un beau sonnet
Sans défaut, en tous points parfait,
Exige un talent mirifique.

N'en déplaise à ce grand critique
J'estime que si le sujet
Est au poète sympathique,
La difficulté disparaît.

Belle dame, à défaut de la verve prescrite,
Je me sens inspiré par ce qui facilite
Ce genre de vers si vantés :

Par votre air gracieux, par cette sympathie
Que votre abord fait naître et qui chez vous s'allie
A tant d'aimables qualités.

CONTRAT DE MARIAGE DE PIERRE CHEVALLIER
ET DE Mlle ALBERTINE B.

Nous, notaires jurés au bailliage d'amour,
Salut : Faisons savoir qu'en date de ce jour
Furent présents : L'aimable et gentille ALBERTINE,
A l'œil vif et malin, à la taille divine,
D'une part, et de l'autre un CHEVALIER français
Constant, non déloyal, toujours dispos et frais ;
Lesquels, ayant juré par la belle déesse
De s'aimer constamment d'une égale tendresse,
Ont d'un commun accord fait le traité suivant :
S'engagent les futurs à suivre exactement
La loi du Tout-Puissant qu'en laconique style
Saint-Mathieu transcrivit dans le saint-évangile (*).

(*) « Croissez et multipliez. »

Pour à quoi parvenir ils feront leurs efforts

Pour toujours en un seul confondre leurs deux corps;

Car d'Eve en remontant à l'antique lignée,

Tel fut jusqu'à nos jours le but de l'hyménée.

Seront communs entre eux tous les biens des conjoints

La future a pour dot un fonds vierge en tous points,

Où poussent sur deux monts et le lis et la rose.

Ce fonds franc de partage et de tout autre chose

Sera par le futur, en bon horticulteur,

Défriché, cultivé sans cesse avec ardeur,

De manière qu'au bout de neuf mois il produise

Un intérêt honnête à raison de la mise,

Et la mise sera par les futurs conjoints

Fournie également et selon leurs besoins.

Ledit futur époux de son côté s'oblige

A fournir, comme apport, ce que l'hymen exige

Dans un parfait état, de tout partage exempt,

Ainsi que d'hypothèque et de nantissement,

Dont pourra la future à son gré faire usage,

S'entend modérément en femme de ménage.

Se tiennent les conjoints dûment notifié

Qu'en l'absence de l'un sa future moitié,

Fut-elle de ses droits pendant six mois lésée,

Au remploi ne sera jamais autorisée,

Etant à ce sujet tous les deux bien d'avis

De ne point adopter coutume de Paris.

Enfin ne voulant pas suivre le sot usage

De n'user qu'au décès des dons du mariage,

Lesdits futurs époux de leurs biens respectifs

Se feront dès ce soir abandon entrevifs

Et pourront aussitôt entrer en jouissance,

Pour par eux toutefois, en cette circonstance,

Se conformer en tout, sans innovation,

A nos us concernant l'insinuation.

Pour foi de leurs serments l'époux et la future

Ont signé devant nous, le tout après lecture.

Paris, 1818.

BOUTADE.

Couché sur le gazon, à l'ombre d'un grand bois
Je lisais mon journal ; non loin de moi je vois
S'arrêter tout-à-coup une jeune chevrette
Couverte de sueur, haletante, inquiète
Qui semblait écouter des chiens qui la chassaient
La voix que les échos de loin reproduisaient.
Tout près de là coulait avec un doux murmure
Sur un lit de cailloux une source d'eau pure
Formant un peu plus bas un lac large et profond
Où croissaient le butome et le flexible jonc.
Aux aboiements aigus de la meute acharnée
L'épouvante saisit la pauvre infortunée,
Qui se cache au milieu des plantes de l'étang ;

2.

Mais, hélas ! Vain espoir ! De plus près aboyant

Les chiens, l'œil enflammé, sur ses traces la suivent

Et sur les bords du lac presque aussitôt arrivent.

Excités par le son du cor retentissant,

Par la voix des piqueurs et par le bruit des armes,

Ils déchirent bientôt la pauvrette implorant

Vainement leur pitié par d'abondantes larmes.

Vous qui, pour célébrer à peu près même exploit,

Acclamez vos hauts faits, vous qu'on devrait maudire,

Quand donc, chefs belliqueux, cesserez-vous de dire :

Faibles, soumettez-vous, LA FORCE FAIT LE DROIT.

BOUTADE.

Nascendo loquaces.

C'était, je m'en souviens, le lendemain de Pâques ;
Fatigué de flâner en tous sens dans Paris
J'allai me reposer sous les bosquets fleuris
De la superbe tour qu'on appelle Saint-Jacques.
  Là, bientôt s'offrit à mes yeux
  Un tableau des plus gracieux.
  Une dizaine de fillettes
Ayant à peine atteint leur septième printemps,
  Bien mises, vives, gentillettes,
Sautillaient, babillaient toutes en même temps.
Une d'elles grondait en ces mots sa poupée :
Oui, oui, mademoiselle, oui, je vais vous punir,

De la bonne manière, oui, vous serez tapée
Si vous ne voulez pas tout de suite dormir.
D'autres faisaient rouler sur une planche en pente,
De Pâques des œufs durs, de couleur différente,
Qui se heurtaient entre eux ; c'était alors des cris,
  Des cabrioles et des ris.
Celle-ci se faisait marchande de soierie,
Etalait sur un banc des morceaux de chiffon.
Du commerce imitant le langage et le ton
A celle-là disait : Veuillez bien, je vous prie,
Madame, vous asseoir et je vais vous montrer
Tout ce qu'en nouveautés vous pouvez désirer.
Je viens de recevoir des meilleures fabriques
Un grand assortiment d'étoffes magnifiques ;
Madame, cette soie est de pur aloès,
Puis ceci, puis cela. — Las d'ouïr ce tapage,
Je partis me disant : Ma foi, juste est l'adage
Au beau sexe appliqué : *Nascendo loquaces.*

SUR UN ALBUM.

Le plus doux des aveux de celle que l'on aime
Est le premier baiser donné par elle-même.

———

FÊTE DE SAINTE-CATHERINE.

Venant de fêter Sainte-Catherine
D'abord à la messe, en langue latine,
Puis en liberté, dans un gai repas,
A la taille svelte, huit petites filles
A l'humeur rieuse, aux naissants appas,
Dans leurs beaux atours, pimpantes, gentilles,
Après le banquet voulurent danser.
Mais, sans cavaliers pour s'entre-croiser,
Le quadrille fut toujours peu facile.
Pour en tenir lieu le sort désigna
La brune Aglaé, la vive Lucile,
Claire aux yeux d'azur et la blonde Anna.
D'un danseur chacune alors prend la place,

Toutefois Anna faisant la grimace,
Sur un petit ton décidé, mutin,
D'être cavalier tout-à-coup refuse,
Alléguant, disant, pour unique excuse,
Que peut-être un jour, qui n'est pas lointain,
Invitée au bal comme grande fille,
Se croyant garçon, elle causera
Parmi les danseurs du même quadrille
Du brouillamini dont on se rira.

La précaution d'Anna fut très sage :
L'habitude prise au temps du jeune âge
Ne se perd jamais sans difficulté ;
C'est un des travers de l'humanité.

LE GATEAU DES ROIS.

Dans un château, tout près d'un assez gros village
On venait de sonner l'annonce du dîner.
C'était le jour des Rois ; selon l'antique usage,
Un superbe gâteau devait le terminer.
  De ce pays la châtelaine,
Au moment du dessert, dit à ses deux enfants
Nommés Victor, André, qui commençaient à peine
  A voir leur douzième printemps :
« Celui qui de vous deux obtiendra l'avantage,
Alors que l'on fera du gâteau le partage,
  D'être du sort le préféré,
  Aura ce beau sac de pralines
  Des plus exquises, des plus fines
Dont il pourra sans moi disposer à son gré,
  Mais je veux qu'il dise d'avance
  Ce que des bonbons il fera. »

« Bien vainement l'on me dira,

Répond Victor, si j'ai du sort la préférence :

Le Roi boit, le Roi boit, vive, vive le Roi,

    Je garderai le tout pour moi. »

« Et moi, répond André, j'en ferai le partage

    Entre tous les gens du village,

Chacun aura sa part avec égalité ;

    Telle sera ma volonté. »

    — « La réponse que vient de faire,

Dit alors la maman, ton égoïste frère,

Est bien, mon cher André, celle d'un vrai gourmand,

    La tienne est celle d'un enfant

    Humain, charitable et sensible ;

    Je t'en loûrais de tout mon cœur

    Si ton partage était possible.

Réfléchis, tu verras que grande est ton erreur,

Qu'on ne peut pratiquer ce que tu t'imagines,

    De ce pays les habitants

    Etant pour le moins quinze cents,

Et mon sac contenant tout au plus cent pralines.

———

A M. CARRANCE,

**Président du comité des concours poétiques
de Bordeaux.**

SONNET.

Ma muse octogénaire a reçu ce matin
L'offre de concourir à l'œuvre poétique
Qui doit tendre à calmer notre profond chagrin,
A raviver en nous l'ardeur patriotique.
Je me demandais si, dans un style lyrique,
Par une églogue ou bien par un guerrier refrain
Je devais donner cours à ce feu satanique
Qui me porte à rimer, quand il me vint soudain
A l'esprit ce qu'Horace un jour dit à Mécène,

Qui le priait alors de réchauffer sa veine

Et de lui composer de doux et nouveaux chants :

« Sur son cheval déjà vieilli dans le service,

« S'il est sage, un lutteur ne se met plus en lice

« De peur que le public ne rie à ses dépens. »

Solve senescentem, mature sanus, equum, ne peccet
Ad extremum ridendus, et ilia ducat.

HORACE, épître 1re.

1875.

SONNET.

LE RUISSELET.

J'admirais ce matin un gentil ruisselet
Qui, dans le val d'un bois, avec un doux murmure,
Sur un lit de cailloux, paisiblement roulait
De cascade en cascade une eau limpide et pure.

A part moi je lui dis : Un jour si, d'aventure,
Un torrent orageux pour te grossir offrait
De s'unir à ton cours, crois-moi, je t'en conjure,
Garde-toi d'accepter, refuse lui tout net.

N'ambitionne pas la fougueuse carrière
D'un grand fleuve à pleins bords et d'une onde étrangère
    Crains la fangeuse impureté.

Mon cher enfant, retiens cette sage sentence :
On trouve le bonheur bien moins dans l'opulence
    Que dans la médiocrité.

SONNET

Sur le Mariage.

Sans demander conseil, mû par un vif désir,
Sur un fragile esquif faire en mer un voyage,
Voguer d'abord galment au souffle du zéphir,
Par un beau temps d'azur, sans le moindre nuage :

Apercevoir bientôt le ciel bleu s'assombrir,
Poindre dans le lointain un menaçant orage,
Vouloir, mais vainement, sur la rive atterrir,
Au milieu des éclairs sombrer, faire naufrage.

Tel est souvent le sort de l'homme insouciant
Sur le lac de l'hymen voyageur imprudent,
Qui prend, sans consulter, femme belle et légère.
Contre elle alors il crie, il jure, il déblatère
Et de tout le beau sexe attaque la vertu :

— *Tu l'as voulu, Dandin, pourquoi donc te plains-tu?*

SONNET.

ACTE DE JUSTICE DE SAINT-PIERRE.

Délivré par la mort des peines de la vie
Et surtout d'une femme, infernale furie,
Un pauvre diable alla demander d'être admis
    Tout bonnement au Paradis.

— Sans doute vous avez l'écrit qui justifie
De la punition que vous avez subie
Au Purgatoire, objecte, en fronçant les sourcils,
    Le gardien du sacré parvis ? »

— « Non, grand saint, répond-t-il, de l'univers le père
En cet endroit ne m'a nullement châtié,
Mais, ce qu'il m'infligea fut autrement sévère :
Là-bas il m'a laissé soixante ans marié ! »
— En ce cas, mon ami, vous avez expié
Largement vos péchés, entrez, lui dit Saint-Pierre.

SONNET.

Aux collaborateurs de l'Almanach du Sonnet.

Le sort des almanachs, fussent-ils même enfants
Du grand Nostradamus, de Mathieu de la Drôme,
De Nick ou d'un Mathieu de tout autre royaume,
    Est de ne pas vivre longtemps.

A Paris, à Pékin, à Vienne, ainsi qu'à Rome,
Dans les plus beaux palais, comme sous l'humble chaume
Après la Saint-Sylvestre, on le donne aux marchands
    D'épices et d'orviétans.

Grâce à vos vers remplis de fine poésie,
L'almanach du Sonnet, chers collaborateurs,
N'éprouvera jamais semblables déshonneurs ;
L'homme lettré chez qui l'esprit au goût s'allie
Aime à le voir déjà figurer tous les ans
Dans sa bibliothèque aux plus visibles rangs.

SONNET.

LA VIE HUMAINE.

Lorsque à peine il est jour commencer un voyage,
Sans le moindre souci faire un quart du chemin,
Dans des monts, des vallons au riant paysage
Continuer sa route en joyeux pèlerin ;
Entrevoir à midi par l'effet d'un mirage
Une belle oasis briller dans le lointain,
Dont on croit s'approcher, mais qui, comme un nuage,
Dans les plaines de l'air se dissipe soudain ;
Puis, le soir arrivé, tomber de lassitude,
Etre accablé d'ennui, rongé d'inquiétude,
Voir ses illusions rapidement s'enfuir ;

Sans trop savoir ce que demain nous devons être,
Dans un gouffre inconnu tout-à-coup disparaître,
N'est-ce pas en trois mots : *naître, vivre et mourir*.

SONNET.

DÉSIR DU JOURNAL *Le Sonnettiste*.

Pourquoi m'avoir donné le format d'un journal
Dit à son directeur hier le *Sonnettiste* ;
Ce mode, je le crains, peut nous être fatal
Et de nos abonnés diminuer la liste.

Dès l'instant qu'on a lu l'œuvre d'un journaliste
Le jour même on la met au panier sépulcral
Où vont, s'enfouissant, frappés d'un sort égal
Tant de journaux divers, républicain, carliste.

Ah ! si vous vouliez bien me faire in-octavo
Imprimer, mon cher maître, au bout de chaque année
Je pourrais obtenir une autre destinée,

Etre vêtu d'habits de basane ou de veau,
Voir mes lecteurs, prisant ma valeur intrinsèque,
Me faire figurer dans leur bibliothèque.

3.

A MON VIEIL AMI M...

Qui nie l'existence de Dieu.

Si, lorsque l'occulte Puissance
Eut créé, fixé dans les airs
    Notre univers,

Eut d'une inextinguible essence
Formé dans le sein du ciel bleu
    L'astre de feu,

Si, comme Adam notre grand père,
Elle t'eut fait naître en ce temps
    A vingt-cinq ans,

Et t'eut laissé sur cette terre
Unique être humain, contemplant
    Et méditant....

Ce beau soleil qui sur sa route
Répand les ineffables dons
    De ses rayons,

Du ciel la scintillante voûte
Se déroulant de toutes parts
    A tes regards ;

Cette merveilleuse nature
T'offrant de ses nombreux produits
    Les plus beaux fruits,

Coulant avec un doux murmure
Pour toi ces limpides ruisseaux
    Filtrant leurs eaux,

Tout t'eut prouvé, fait reconnaître
Qu'il existe un Dieu créateur,
    Dispensateur,

Un Dieu qui nous gouverne en maître

Et qui par son puissant pouvoir

Fait tout mouvoir.

A MES CONFRÈRES

Les collaborateurs au journal LE SONNETTISTE.

Boileau dit et prétend qu'Apollon autrefois
Inventa du sonnet les rigoureuses lois,
Voulut qu'en deux quatrains de mesure pareille
La rime avec deux sons frappât huit fois l'oreille.
Si ce maître divin eut été l'inventeur
De ce chant, il n'eut pas de notre prosodie
Violé les accords, la tendre mélodie,
Et des terminaisons méconnu la douceur.
Certe il eut observé la sévère défense
De reproduire en vers la même consonnance
Sans l'intervalle au moins de dix lignes entre eux.
Chers collaborateurs, si vous voulez me croire,
Laissons là Despréaux, de ses rimes l'histoire,
Et n'en répétons plus les sons disgracieux.

A M. ET Mme J.....

En leur envoyant une pensée.

Bien qu'une rigoureuse loi
Au dedans des lettres défende
De renfermer le moindre envoi
Sous peine d'une forte amende ;
A cette missive, ma foi,
Sans souci de cette défense,
Au risque d'être châtié,
Je joins la fleur qui dans l'absence
Ravive, entretient l'amitié.

A MADAME....

Qui me demandait avec insistance un souvenir sur son album.

Votre insistance, belle dame,
Me met le désespoir dans l'âme
Et me rend à peu près semblable au voyageur
Qui n'a ni sou ni maille, à qui l'on signifie
Dans un bois ces deux mots: *la bourse ou bien la vie.*
Je ne suis qu'un pauvre rimeur ;
Comme une bourse à sec ma verve est épuisée.
Sur votre album inscrire une noble pensée
Pour moi serait un doux plaisir,
Mais de mon vieux cerveau, rien ne peut plus sortir.

BOUTS RIMÉS

Proposés par le journal LA REVUE POUR TOUS.

LAMENTATIONS D'UN JEUNE BOSSU.

Que je suis malheureux de ne pouvoir *jouir*
Du bonheur que l'hymen procure en cette *vie !*
Souvent à mon aspect je vois s'*évanouir*
Des filles qui de moi, certe, ont plus peur qu'*envie.*
Bossu, borgne, boiteux, n'étant pas d'un beau *sang*
    Quoi qu'à peine au printemps de l'*âge*
    Je suis déjà tout *vieillissant,*
Le désespoir sur moi fait un affreux *ravage* ;
Je sens mon faible corps tous les jours *décliner.*
Le passant craint souvent que sur lui je ne *tombe* (verbe)
Flétri comme un ormeau qu'un vent froid fait *faner*
Bientôt l'on me verra descendre dans la *tombe* (substantif).

REQUÊTE

Adressée à **Noé** par les femmes des **Flotteurs d'Accolay**.

(Contre-partie de la chanson de M. Villemer, intitulée:
La Vigne).

1er COUPLET.

Père Noé, nous apprenons

Qu'un châtelain du lieu vous prie

De détourner de nos cantons

La froidure et l'intempérie.

Il demande que du soleil

La vigne ait la douce influence

Pour que d'un vin fort, sans pareil,

Elle produise ample abondance.

De grâce ne l'écoutez pas,

Bien-aimé, vénérable père,

Nous vous en supplions tout bas,

Rejetez bien loin sa prière.

2ᵉ COUPLET.

Sachez ce qui résulterait

Si vous accueilliez sa demande,

Si la récolte devenait

D'un vin capiteux par trop grande,

A bon marché, nos chers maris

Tous les jours seraient en ribotte,

Très tard reviendraient au logis

Tibulant, tombant, pleins de crotte.

De grâce ne l'écoutez pas, etc.

3ᵉ COUPLET.

A la moindre observation

Qu'alors nous voudrions leur faire

Ils nous prendraient par le chignon

Et sans nul autre commentaire,

Et *pif et paf* soudain sur nous,

Sur nos épaules, sur nos têtes

Tomberait d'un millier de coups

La plus horrible des tempêtes.

De grâce ne l'écoutez pas, etc.

4ᵉ COUPLET.

Nous avons, quand le vin est cher,

Facile paix dans le ménage ;

De grand matin, dès qu'il fait clair,

Nos hommes s'en vont à l'ouvrage.

Nous les rejoignons sur le port,

Travaillons, mangeons tous ensemble ;

Pour maintenir ce bon accord,

Cette gaîté qui nous rassemble,

De grâce ne l'écoutez pas,

Bien-aimé, vénérable père,

Nous vous en supplions tout bas,

Rejetez bien loin sa prière.

SONNET.

L'ESPOIR.

Doux espoir, c'est par toi que plein de confiance
    Le courageux cultivateur
Privé par l'ouragan du fruit de son labeur,
    De nouveau laboure, ensemence.

De même tes enfants, ô généreuse France,
    Meurtris par un lâche oppresseur
Régénèrent ta sève, et remplis d'espérance
    La font renaître dans ton cœur ;

Et lorsque sonnera l'heure des représailles
Ils sauront, crois-le bien, sur les champs de batailles
    Terrasser tes fiers ennemis,

S'empresser de briser les chaînes, les entraves
Où gémissent tes fils, infortunés esclaves
    Au plus affreux joug asservis.

1874.

SONNET.

LE BONHEUR DE MA VIE.

Deux anges descendus de la voûte des cieux
Ont soufflé dans mon cœur, allumé dans mon âme
Leur douce passion, leur blanche et vive flamme,
Ont émaillé mes jours d'instants délicieux.

L'un est l'amour qu'inspire une sensible femme,
Aimable, sémillante, aux regards gracieux ;
L'autre : la poésie, harmonieuse gamme
Aux suaves accents, aux tons mélodieux.

Ils m'ont dans la gaîté fait passer la jeunesse,
D'aimer et d'être aimé fait savourer l'ivresse,
    Jouir du suprême bonheur.

Par eux, bien que touchant à ma dernière aurore,
Sur ma lyre je peux faire vibrer encore
    Un souvenir consolateur.

FABULETTES.

On élisait un chef parmi la gent ailée.
D'indifférents oiseaux s'abstiennent de voter.
De cette indifférence habile à profiter
Un bavard perroquet se fit nommer d'emblée.

Nous naissons, nous croissons, atomes que nous sommes
Les uns bossus, petits, les autres grands, beaux hommes.
— Pourquoi pas tous égaux ? demande un radical.
— Va-t-en le demander à Dieu, sot animal.

ACROSTICHE.

A mademoiselle Marie Bacaresse.

MES SOUHAITS DU PREMIER JOUR DE L'AN.

Mon Dieu, daigne en ce jour exaucer mes souhaits ;

Accueille-les, tu sais que rarement j'en fais.

Rends-moi ce temps heureux où d'amour l'on soupire.

Il me faudrait n'avoir aujourd'hui que trente ans

Et plaire à celle dont en ces vers tu peux lire

Bien aisément le nom écrit en contre-sens.

Ah ! qu'il me serait doux de lui dire à cet âge

Ce qui de ses beaux yeux passerait dans mon cœur !

Accorde-moi du sien l'indissoluble gage ;

Rajeunis avant tout ton trop vieux serviteur ;

Enfin fais qu'elle soit à moi sans nul obstacle.

Si tu peux, ô mon Dieu, faire ce grand miracle,

Soudain je me prosterne humble, reconnaissant

Et je vénère en Toi le maître tout puissant.

BOUTS RIMÉS

Proposés au mois de février **1868**, par le journal
LA REVUE POUR TOUS.

Si, de même que l'*hirondelle*
Je pouvais parcourir en tous lieux l'*univers*
    J'irais trouver à tire d'*aile*
Les rois en stratégie et rusés et *pervers* ;
Je leur dirais à tous : Vous que la gloire *enchante,*
Qui du peuple craignez d'encourir le *mépris,*
Qui briguez ses vivat et voulez qu'il vous *chante,*
Sachez que son amour de la paix est le *prix.*

A MADAME....

Qui me demandait un souvenir sur son album.

Si j'étais, comme vous, madame,

Jeune, doué de mille attraits,

Sur votre album point n'écrirais

Ce qui de vos beaux yeux jaillirait dans mon âme,

Mais tout bas je vous le dirais.

A MADEMOISELLE ALBERTINE B....

A l'occasion de l'incendie de l'Odéon.

Hier soir pendant l'incendie
Qui, par sa rapide furie,
Dans Paris répandit un indicible émoi,
Je vous vis en face de moi
Et nos regards se rencontrèrent.
Les vôtres sur les miens un instant s'arrêtèrent.
Plus vivement alors reflétait la chaleur.
Je la sentis jaillir de vos yeux dans mon cœur.

A MADAME ET MESSIEURS DE BÉRU.

Quel décevant chemin que celui de la vie !
    Dans son trajet nous rencontrons
D'aimables voyageurs pour qui nous concevons
    Une amicale sympathie.
Nous voudrions alors cheminer avec eux,
Les suivre jusqu'au bout ; par trop impérieux
L'inflexible destin, qui toujours nous impose
Son absolu pouvoir, autrement en dispose.

A MONSIEUR LE CAPITAINE YVER, A AUXERRE.

Avis à vous qui sur le double mont
Comme autrefois dans les champs de Bellone
Savez si bien cueillir dans votre automne
Les verts lauriers qui ceignent votre front,
Avis à vous que, quand la dixième heure
Lundi prochain aura dûment sonné,
Trois vieux amis, dont vous êtes l'aîné,
Viendront, frappant l'huis de votre demeure,
Vous demander un frugal déjeuné.
Mais direz-vous, je désire connaitre
Avant tout ceux qui veulent sans façon,
De cette sorte envahir ma maison.

Sachez-le donc : Vermenton les vit naître.

L'un d'eux, jadis grenadier d'Oudinot,

L'an treize fit sa première campagne

Dans le pays arrosé par l'Escaut

Et sa seconde au cœur de l'Allemagne.

Un biscayen au combat d'Iéna

Le contraignit à prendre sa retraite,

Et depuis lors, marchand de quinquina,

Il guérit ceux que la fièvre maltraite.

L'autre, à seize ans déjà fier voltigeur,

Alla combattre Espagnols, Scandinaves,

Et bientôt vit, comme vous, sur son cœur

D'un vif éclat briller la croix des braves.

Quant au troisième, il ne contribua

A repousser les diverses attaques

Des Autrichiens, des Russes, des Cosaques

Qu'à chaque époque où l'empire échoua.

Depuis ce temps il tient avec prudence,

Autant qu'il peut, de Thémis la balance.

Comme ils y vont avec vous sans façon,

Recevez-les par la même raison,

Pareillement et sans la moindre gêne,

Non toutefois avec l'eau d'Hippocrène
Mais du Bréot *, ils boiront de bon cœur
A la santé de leur digne empereur.

4 mai 1844.

* Vin du meilleur crû du capitaine, qu'il appelait son Falerne

A MADAME MARTHE J...

Madame, en ce quatrain permettez de vous dire
L'effet que sur les cœurs produit votre sourire.
    Il est aussi prompt que l'éclair;
C'est, en deux mots, celui de l'aimant sur le fer.

A MADAME MARTHE J...

Appelée Madame Chevallier par une personne ayant, dit-on, fait
partie des membres de la commune de Paris, et qui nous conduisit
dans les grottes d'Arcy.

SONNET.

De Paris la Commune avait pour mission
De supprimer d'un mot la loi du mariage
Et de recomposer pour la moindre raison
Parmi les communeux chaque nouveau ménage.

Tout membre délégué pouvait donc sans façon
Abolir des époux le pénible esclavage.
Ce fut par un élu de cet aréopage
Que légalement se fit hier notre union.

Si, de même que moi, vous voulez bien, Madame,
De ce nouvel hymen reconnaitre les nœuds,
M'accepter pour époux, malgré mes blancs cheveux,

Je le dis franchement et du fond de mon âme,
Afin d'avoir le droit de vous nommer ma femme,
A partir de ce jour je me fais communeux.

18 août 1871.

MON RÊVE.

Je rêvais cette nuit que j'avais vingt-cinq ans,
Que vous n'étiez encor qu'à vos dix-huit printemps
        Et que, de par le mariage,
Vous m'aviez accordé de votre cœur le gage.

J'étais du monde entier le plus heureux époux.
A mon bonheur chacun semblait porter envie.
Pour vous j'embellissais le chemin de la vie
Des plus charmantes fleurs, aux parfums les plus doux.

Combien j'avais à cœur que le moindre nuage
N'assombrît, ne troublât notre félicité !
J'écartais loin de vous, loin de notre entourage
        Soucis, tristesse, adversité.

Constamment occupé de l'objet de ma flamme
Je cherchais à scruter dans le fond de votre âme
Vos vœux les plus ardents, votre plus vif désir
    Afin de les vite accomplir.

Vous connaissant sensible, humaine, charitable,
Je voulais avec vous concourir au bienfait
Qu'à l'insu du public votre main répandait
    Sur ceux que la misère accable.

Ah ! comme j'étais fier, au comble du bonheur,
Lorsque, donnant le bras à ma belle compagne,
Ensemble nous allions dans quelque humble campagne
Secourir l'indigent, consoler la douleur !

Ainsi de mon sommeil je goûtais le mensonge
Quand soudain m'éveillant, la triste vérité
M'apparut et je vis de mon fugitif songe
    La ridicule absurdité.

    Rêver que vous, svelte, jolie,
    A peine à la fleur de vos ans,
Pouvez prendre un époux morose, à cheveux blancs,
    N'était-ce pas vraiment folie ?

4

L'amour, hélas ! hélas ! n'a qu'un temps limité,
Mais la tendre amitié s'entredonne à tout âge.
En osant demander de la vôtre le gage,
　　Puis-je espérer d'être écouté ?

A MON AMI LOUIS CHAVANCE

Ancien maire de Brienne, membre du Conseil général de l'Aube.

La lettre, mon ami Chavance,
Qui me vint cet hiver de toi,
M'a donné la douce espérance
De t'avoir au printemps chez moi.
Viens donc accomplir ta promesse,
Viens, viens causer du bon vieux temps ;
Les gais souvenirs de jeunesse
Font renaître les jeunes ans.
Nous parlerons des neuf pucelles,

Jadis objets de nos amours,

Qui, bien différentes de celles

Qui t'ont fait de si vilains tours*,

Dans tes veines insinuèrent

Et leurs feux et leurs enjouements,

En un mot, maître, te comblèrent

De leurs plus gracieux présents.

Qu'attends-tu ? Déjà l'hirondelle

Depuis un mois est de retour ;

Déjà nuit et jour philomèle

Fait entendre ses chants d'amour ;

De mes tilleuls bientôt l'ombrage

Va garantir de la chaleur

Et de mes lilas le feuillage

Va voir s'épanouir la fleur.

Point ne pourrai, cher camarade,

De même que je l'eus chez toi,

Te donner le plaisir chez moi

D'une agréable promenade

---

* Allusion aux résultats des premières déclarations amou-
reuses de M. Chavance, si gaiement décrits dans le recueil
de ses poésies intitulé : *Mes Péchés mignons.*

Dans un parc aux riants détours,
Ni faire exercer ton adresse
Sur un billard dont la justesse
Provoque les plus hardis tours.
Très modeste est mon ermitage ;
Il n'a qu'un arpent, tout compté ;
D'un chalet à peu près l'image,
Il est de la bise abrité.
De l'astre du jour la lumière
Vient lui sourire en se levant ;
A l'ouest il voit cette rivière
Dont le paisible écoulement
Fit à madame Staël dire
Qu'elle ne savait pas couler,
Alors que le chef de l'empire
La fit à Vincelle exiler.
Enfin au pied d'une terrasse
Un robuste arbre du Japon
De la caniculaire face
Tempère le brûlant rayon.
Mais laissons-là mon paysage
Et revenons à ton voyage,

4.

Ne le retarde plus, crois-moi :
Trop promptement coule la vie.
Beau temps, doux zéphir te convie
Et l'amitié compte sur toi.

Avril 1872.

ÉPITRE A MON JARDIN

Dédiée à madame Marthe J..., à l'occasion de son départ
de Vermenton.

Prends tes habits de deuil, et du deuil le plus sombre,
    O mon infortuné jardin,
Sois désormais sans fleurs, sans parfum et sans ombre,
    Plongé dans le plus noir chagrin.

Tu ne la verras plus assise sous l'ombrage
    De tes tilleuls, de tes sapins,
De son fils, de sa fille ouïr le babillage,
    Surveiller les jeux enfantins ;

Tu ne la verras plus, soudain tout alarmée,
    A leurs moindres cris accourant,
Revenir, comme un jour, subitement calmée
    Reprendre sa place en riant.

C'était, tu sais, ce jour où certaine limace
    De la plus vilaine couleur,
Montrant sa double corne et faisant sa grimace,
    Leur avait tout-à-coup fait peur.

Jamais tu ne verras mère plus attentive
    Porter à d'aussi beaux enfants
Et plus grand dévouement, et tendresse plus vive,
    Soins plus actifs, plus prévoyants.

Tu ne la verras plus de tes diverses roses
    Respirer la suave odeur,
Contempler de tes fleurs nouvellement écloses
    Le vif incarnat, la fraîcheur.

Du rossignol qui vient, fidèle à ton bocage,
    Te visiter chaque printemps
Tu ne la verras plus écouter le ramage,
    Admirer les divins accents.

Non, tu ne verras plus son gracieux sourire,
    Sa majestueuse beauté,
Ses traits si distingués, ce visage où respire
    Et la franchise et la bonté.

Elle va nous quitter ! ! Le sort ainsi l'exige,
    L'envoie en de lointains climats.
Bientôt tu n'auras plus le plus léger vestige,
    La moindre trace de ses pas.

Prends tes habits de deuil et du deuil le plus sombre,
    O mon infortuné jardin,
Sois désormais sans fleurs, sans parfum et sans ombre,
    Plongé dans le plus noir chagrin.

Mars 1872.

BLUETTES DE MON JEUNE TEMPS.

Juventutis recordationes delectant.

A madame X..., qui, sans doute à cause de ma froideur, me comparait au mois de janvier.

Aɪʀ : Femmes voulez-vous éprouver ?

Janvier qui, par ses tristes froids,
Vous semble engourdir la nature,
Est cependant le seul des mois
Qui produise une flamme pure.
A son approche chaque cœur
Est saisi d'une douce ivresse
Et par une sincère ardeur
S'efforce à prouver sa tendresse.

Puisque de ce mois si puissant
Qu'accompagne le tendre hommage,
Vous croyez bien sincèrement
Voir en moi la fidèle image,
Que ne puis-je, plein de l'ardeur
Dont Janvier porte en nous l'ivresse,
A mon approche, en votre cœur,
Exciter aussi la tendresse !

Mai 1814.

SONNET.

Naguères j'ai bravé, sans éprouver d'effroi,
Sans même ressentir le plus léger émoi,
Le choc impétueux, les sanglantes attaques
Des Prussiens, des Anglais, des Russes, des Cosaques.

Avec sang froid j'ai vu ces sauvages soldats
Se masser devant nous sur le champ de bataille,
Nous charger en poussant leurs menaçants hourras,
Nous lancer leurs boulets, leurs bombes, leur mitraille.

Dans mon courage, hélas ! quel changement, grands dieux !
Quand par hasard sur moi vous levez vos beaux yeux
Je le sens qui soudain faiblit et m'abandonne.

En vain je veux calmer, raisonner ma frayeur ;
Je veux chercher à lire au fond de votre cœur,
Le trouble me saisit, de crainte je frissonne.

Septembre 1814.

A LA MÊME.

Hier un simple badinage
Vous fit prendre un air furieux.
Des éclairs de mauvais préságe
Soudain jaillirent de vos yeux.
Une douloureuse contrainte
A l'instant même en moi jeta
De vous avoir déplu la crainte
Qui tout d'abord m'épouvanta.
Mais bientôt voyant reparaître
Dans vos yeux la tendre douceur,
Je sentis dans mon cœur renaître
Et l'espérance et le bonheur.

De même un menaçant orage

Dans les champs porte la terreur

Que l'arc-en-ciel au doux présage

Dissipe en même temps que la noire vapeur.

5 novembre 1814.

A LA MÊME.

ACROSTICHE.

C'en est fait, Caroline, ô ma céleste amie,

Ame de mon bonheur, seul soutien de ma vie,

Repoussé loin de toi par un sort rigoureux

Oui, c'en est fait, demain je dois quitter ces lieux !

L'épée en main je dois rejoindre la frontière,

Il faut recommencer la lutte meurtrière ;

Ne plus de tes beaux yeux contempler la douceur,

Et ne plus plus t'embrasser, te presser sur mon cœur !

O toi par qui je crois, Espérance divine,

Un jour vivre à jamais près de ma Caroline,

Luis sans cesse à mes yeux de tes plus doux rayons,

Adoucis mes tourments par tes illusions ;

Mon sort dépend de toi ; qu'une foule de songes

Offre à mes sens troublés d'agréables mensonges ;

Rappelle-moi ces jours, ces beaux jours de bonheur,

Toi seule désormais peux calmer ma douleur.

7 avril 1815.

RONDE

Composée sur la demande de plusieurs danseuses.

J'aime dans une ronde
A chanter et danser
Et surtout embrasser
Soit la brune, soit la blonde.

Ici-bas saisissons
Le plaisir qui fuit si vite,
Du bon temps profitons,
Chantons, dansons, gambadons.

Si vous êtes, Mesdames,
D'une semblable humeur,
Alors chantons en chœur :
Vivent les joyeuses femmes !

Ici-bas saisissons, etc.

Quand un froid philosophe
Vient me moraliser,
Je le fais cadencer,
En lui chantant cette strophe :

Ici-bas saisissons, etc.

La vieillesse inflexible
Nous dira certains jours :
« Messieurs, vous êtes lourds,
La danse vous est nuisible. »

Ici-bas saisissons, etc.

Une ronde m'échine
Quand on n'embrasse pas ;
C'est tout comme un repas
Qui sans boire se termine.

Ici-bas saisissons, etc.

Mesdames, c'est indigne,
Vous semblez refuser !

— Messieurs, il faut oser...
Une d'elles me fait signe.

Ici-bas saisissons
Le plaisir qui fuit si vite ;
Du bon temps profitons,
Chantons, dansons, gambadons.

Février 1822.

COUPLETS A BACCHUS.

Air : Pomm' de reinette, pomm' d'api.

De Bacchus, mes amis, chantons
Les bienfaits, l'immense
Puissance,
A sa gloire buvons, aimons
Et dansons
Nos plus gais rigodons.

C'est lui qui chasse
Le noir chagrin
Et qui met fin
A la haine tenace,
Par lui s'efface

Le vain désir

Pour donner place

A l'amour, au plaisir.

Parmi les jeux,

Les ris joyeux,

Ce Dieu des dieux

Voit Momus à sa suite

Qui de bons mots

Criblant les sots,

Soulève, agite

En riant ses grelots.

De Bacchus, mes amis, chantons. etc.

La douce ivresse

Qui naît du vin

Aux gens sans pain

Donne de la richesse,

De la hardiesse

Au plus poltron,

De la faiblesse

Au trop sage tendron.

Elle nous fait

Sans nul regret,

Pour du clairet

Mépriser l'opulence.

Fi des grandeurs,

Des vains honneurs,

Dans la bombance

Je vois tous les bonheurs.

De Bacchus, mes amis, chantons, etc.

Ah ! quel délire,

Quels doux moments

Quand je me sens

Sous le vineux empire !

Le plus grand sire,

Le plus grand roi,

Je puis le dire,

Sont moins heureux que moi.

A table assis

Près des amis,

Je bois, je ris,

Puis en paix je sommeille ;

Le lendemain,

Dès le matin

Je me réveille

En chantant ce refrain :

De Bacchus, mes amis, chantons

Les bienfaits, l'immense

Puissance ;

A sa gloire buvons, aimons,

Et dansons

Nos plus gais rigodons.

Mars 1822.

A MADEMOISELLE ALBERTINE B...

Hier dans une rose, artificiel ouvrage,
Je crus de votre teint voir la vermeille image.
Grands dieux ! combien j'étais loin de la vérité !
Sans doute de mes yeux quelque ombre mensongère
Avait en ce moment obscurci la lumière :
Je comparais le faux à la réalité.

1818.

COUPLETS

Adressés à M. Cussy-Quatrevaux sur son désir d'apprendre, à l'âge de 60 ans, la logique et la versification, afin de se mieux faire écouter du beau sexe.

Air : *C'est l'amour.*

Apprends donc, cher directeur,
        Logique
        Et rhétorique,
    Tu jouiras du bonheur,
    Du plaisir d'être auteur.

Lorsqu'il te plaira d'une belle
D'enflammer le timide cœur,
De surmonter d'une cruelle
La trop inflexible rigueur,

Tu te feras comprendre
En vers mélodieux,
De l'amour le plus tendre
Tu peindras tous les feux.
        Apprends donc, etc.

Si ton inflexible résiste
A tes poétiques attraits,
Qu'en son refus elle persiste
Et point ne croie à tes couplets,
        Alors de la logique
        Appelle le secours,
        Prouve-lui sans réplique
        Tes brûlantes amours.
            Apprends donc, etc.

Veux-tu, Cussy, veux-tu mieux faire
Que la foule de tes rivaux ?
Fuis les repas : la bonne chère*
Dérange les plus forts cerveaux ;
        Surtout qu'il te souvienne

* M. Cussy était un gastronome renommé.

Que les fils d'Apollon

De l'onde d'Hippocrène

Font leur seule boisson.

    Apprends donc, etc.

Bien que fameux hommes de lettres,

Nolot, Roland*, n'espérez pas

Etre du grand Cussy les maîtres

Et prendre un jour sur lui le pas.

    Fussiez-vous du Parnasse

    Sur le cheval montés,

    Sachez que rien ne passe

    Ses prompts accélérés**.

    Apprends donc, etc.

Que je te plains, Laromiguière,***

Avec tes beaux raisonnements !

Il te faudra baisser visière

Devant de plus forts arguments !

    Désormais sans réplique

* Facteurs ruraux de la poste aux lettres à Vermenton.
** M. Cussy était directeur de messageries accélérées.
*** Professeur de logique.

Oui, tu vas donc rester !
Cussy, sur la logique,
Va bientôt t'enfoncer.
　　Apprends donc, etc.

Parmi les villes qu'on renomme
A cause de leurs beaux esprits,
Je veux un jour que l'on te nomme,
Vermenton, ô mon cher pays ;
　　Que vantant la mémoire
　　De nos auteurs nouveaux
　　Clio dise en l'histoire :
　　Là naquit le plus gros.*

Apprends donc, cher Directeur,
　　　　Logique
　　　　Et rhétorique,
Tu jouiras du bonheur,
Du plaisir d'être auteur.

* M. Cussy avait un abdomen des plus volumineux

OFFRES DE SERVICE DE MADAME X ..

Faiseuse de mariages à Paris.

AIR : *Gai, gai, mariez-vous.*

Tôt, tôt,

Accourez tôt,

Jeunes filles

Veufs et bons drilles,

De tout

Je viens à bout

Je trouve chaussure à tout.

Au bureau présentez-vous,

Tendrons à gentil visage

En liste j'ai des époux
Fort bons à mettre en ménage.

Tôt, tôt, etc.

Fillettes dont les sabots
Ont subi fente légère,
J'ai pour vous de grands nigauds
Qui ne s'y connaissent guère.

Tôt, tôt, etc.

Quoi jeûner avant le temps,
Belles veuves, c'est folie !
Au diable les quatre-temps
Quand on est encor jolie.

Tôt, tôt, etc.

Renoncez au célibat,
Des maris troupe auxiliaire,
Pour un conjugal combat
Dans mon sac j'ai votre affaire.

Tôt, tôt, etc.

Chez moi vite inscrivez-vous,

Sexagénaires poupées,

Je veux vous pourvoir d'époux,

Fussiez-vous poires tapées.

Tôt, tôt, etc.

Mais surtout n'oubliez pas,

Partisans du mariage,

Que dans le monde ici-bas

Chacun vit de son ouvrage.

Tôt, tôt,

Accourez tôt,

Jeunes filles

Veufs et bons drilles,

De tout

Je viens à bout

Je trouve chaussure à tout.

ROMANCE.

L'ABSENCE.

Air : Dormez donc, mes seules amours.

Doux souvenirs de mes amours,
De l'absence abrégez les jours,
Venez, venez à mon secours,
    Venez, venez,
C'est à vous seuls que j'ai recours.

Au milieu de ces prés fleuris,
Ce fut là que près d'elle assis,
Pour savoir mon sort je cueillis
Une charmante pàquerette
Qui de son cœur fut l'interprète.

Doux souvenirs de mes amours,
De l'absence etc.

Dans un bal, c'est là qu'en valsant,
Je pressai sa main doucement
Et que je sentis à l'instant,
O bonheur infini ! la sienne
En tremblant répondre à la mienne.
Doux souvenirs, etc.

Que j'aime à revoir ce bosquet
Où j'allais pour elle en secret
Cueillir le modeste muguet
Et la suave violette
Aux gais accents de l'alouette.
Doux souvenirs, etc.

De ces vallons discrets échos,
Répétez-moi ses doux propos,
Surtout ces délicieux mots,
Ces mots que jamais on n'oublie :
Je t'aimerai toute la vie.
Doux souvenirs, etc.

TABLE.

AUXRRRE. — TYPOGRAPHIE DE G. PERRIQUET.